Un rêve risqué

Un rêve risqué

Un rêve risqué

Kouamé Franck

Un rêve risqué

Du rêve à la réalité

Un rêve risqué

©**KiffArt'S Editions**, Stains, 2017

Tous droits réservés pour tous pays.

Kiffart'S Editions

6 rue du charme

93240 Stains

Un rêve risqué

Préface

Aujourd'hui, chercher la gloire et la célébrité pour certains est comme chercher une aiguille dans une botte de foin, se battre pour accomplir ses rêves afin de survivre.

Mais survivre dans ce monde aisé n'est pas la mer à boire surtout quand les personnes font quelque chose qu'ils regretteront par la suite si toutefois ils reconnaissent leurs erreurs.

En gros, c'est par le plus de scandales qu'on est le plus adulé. Fort heureusement, d'autres ne passent pas par la case prison ou drogue pour réussir mais préfèrent la voie honorable du travail fait avec honnêteté et détermination même si cela prend du temps car au final, les résultats seront visibles et concrets.

Dans beaucoup de cas, la plupart des gens ne comprennent pas que parfois il faut faire de vigoureux sacrifices ajouté d'une bonne dose de confiance en soi pour y arriver et c'est ce qu'avait en tête le jeune Rigoberto…..

Un rêve risqué

Chapitre 1
Le rêve se dessine

Huambo, petite ville de l'Angola au milieu des années soixante-dix, habitait dans une modeste maison un couple qui avait sept enfants dont le dernier, âgé de huit ans s'appelait Rigoberto.

Ce garçon était tellement fasciné par la poésie et les histoires contées qu'il étonnait ses petits camarades de classe et du quartier et lui donnèrent le surnom de « SHAKESPEARINHO » ou de « JULIO VERNES » faisant référence à jules verne.
Sa maîtresse voyait en lui un futur interprète ou un brillant écrivain comme lui-même l'imaginait.

Il faisait tellement le plaisir de ses parents malgré leur séparation (son père avait de nombreuses maîtresses, ce qui exaspérait sa mère) qu'à chaque fois, afin d'oublier ce tumulte incessant, se réfugiait dans sa cabane qu'il avait construite lui-même pour s'évader dans ce qu'il aimait tant : la poésie.

Un rêve risqué

Rigoberto à quatre grands frères et deux grandes sœurs dont il fut à leurs yeux l'objet de mépris. Mais cela le poussait d'avantage de penser à son but.
Ils sont composés de :
Francis, 20 ans, fou de mécaniques souhaitait devenir pilote de courses. Un homme à femmes tout comme son père.
Papis, 18 ans, avait un gout pour l'aventure en tout genres et voulait être explorateur.
Petit bagarreur pour la moindre incartade, il fut très influençable par de gars de mauvais augure.
Paulo, 16 ans, amateur de musiques avait une guitare et passait toute sa journée à y jouer.
Il a quitté l'école pour entamer une carrière musicale avec des amis.

Puis vint **Malèya**, 14 ans, qui elle possédait un dont ; celui de chanter. Ses parents préféraient qu'elle termine ses études pour poursuivre ce qu'elle désirait le plus au monde.
Abyla, 12 ans, était la mimique de sa mère dans tout ce qu'elle faisait en particulier les taches ménagères.
Elle aimait tellement sa mère qu'elle lui ressemblerait une fois adulte à cause de sa combativité débordante. Ses frères la taquinaient pour ca.
Apres, vint **Edilio**, garçon de 10 ans qui aimait tout ce qui touche à la guerre et avait une ribambelle de soldat en plastique et de maquettes d'avions de chasse. Il voulait devenir soldat.
Son rêve étant de devenir écrivant à succès, il en informa toute sa famille dont en premier son père qui essaya de lui mettre d'autres idées en tête comme :
« tu sais mon petit tu es encore trop jeune pour faire ça et en plus çela ne t'apportera rien !! ».

Un rêve risqué

Croyant convaincre l'enfant que son but ne reste qu'une utopie, Rigoberto ne déchanta pas pour autant et eut toujours foi en son rêve à tel point que sa mère lui dit tout le temps :
« ne laisse jamais personne mettre ne serait-ce qu'une étincelle d'embuches dans tes rêves mon chou ».

Dix années passèrent, et les problèmes se rajoutèrent dans la famille. Le père, Edouardo, séparé d'avec sa femme depuis un bon moment mais sans pour autant divorcé avec elle, mourut d'une crise cardiaque. Il a certes laissé à sa famille de quoi tenir financièrement mais cela n'était pas assez pour nourrir toute la famille et la mère, Angélina, angoissait à l'idée de s'occuper seule de ses sept enfants dont la plupart étaient déjà adultes.
Elle se répétait sans cesse : « que vais-je devenir oh mon Dieu !! ».
La moitié des enfants commençant à partir de la maison, elle finit par être emporté par le chagrin un dix mars, précéda son mari de trois ans. On l'enterra un peu plus loin de la maison familiale.
Les trois derniers enfants y compris Rigoberto devaient à présent compter que sur eux même, se disaient : « papa et maman sont partis donc faisons de notre mieux pour réussir notre vie parce qu'ils auraient été fiers de nous !! ».Ils commencèrent par vivre de petits boulots dans le but de financer leurs études.
Mais pour Rigoberto, l'histoire allait prendre une autre tournure puisque ses espoirs s'éloignaient petit à petit.
Il décida donc de quitter Huambo pour la grande ville, Luanda.
Agé de vingt et un ans, il débarqua à la capitale avec zéros kwanza en poche mais, une aubaine pour lui, il commença par un job de cireur de chaussures.
Puis il devint serveur dans un maquis branché.

Un rêve risqué

Quelques mois plus tard, pendant son service, il jeta son regard sur une fille qui avait l'air embarrassée, comme si elle avait été poursuivie par quelqu'un.
Rigoberto n'hésita pas une seconde de l'aborder :
« Bonjour !! On ne s'est jamais croisé mais ton visage me rappelle quelqu'un. » Lui dit d'une voix rassurante mais timide.
La jeune fille, voyant qu'il était un peu collant, lui dit d'un ton chaud :
« Cooool , moi qui me fait toujours accoster par des mochetés me voilà enfin en face d'un beau gosse !! Tu t'appelles comment ? ».
Rigoberto commençait à perdre ses mots devant l'aisance de la jeune femme. Il lui dit : «co…co…comment t'appelles tu ?? », d'un air tremblant.
Elle rigola tellement face à son manque d'assurance qu'elle finit par le lui dire « Virginia, et toi ? ».
-Rigoberto, dit-il.
Du coup il reprit ses esprits et lui demanda : « qu'est-ce qu'une charmante femme fait dans les parages à l'heure de la fermeture du resto et en plus avec l'air inquiète ? »

Elle lui répondit : « de quoi je me mêle !!! Tu es mon mari pour me poser ce genre de question ?! »
Mais, remarquant sa gentillesse elle se rattrapa :
« Excuse-moi, mais je n'aime pas les interrogatoires. En fait je fais des allers retours, je ne suis pas de la ville mais toi tu es sans doute nouveau ici je ne t'ai jamais croisé auparavant. »
- en faite je suis venu ici pour accomplir mon rêve, dit-il avec un tel enthousiasme.
- Et quel est ce genre de rêve ?, lui dit-elle.
- C'est d'être écrivain, dit-il.
Mais elle lui dit : « tu sais être écrivain demande tu temps et de la sueur et je ne pense pas que de sitôt tu auras ce que tu souhaites à moins de

trimer ici toute ta vie à servir les gens qui ne savent même pas que tu existes, réfléchis voyons !! ».
Poursuivant : « tu sais, je connais un meilleur moyen de se faire pas mal d'argent aussi rapidement, viens suis-moi et tu verras, je vais te présenter à un gars qui t'emmènera vers l'écriture !! », insista-t-elle.
Seulement Rigoberto ne savait pas dans quel bateau il allait s'embarquer, mais la suivit quand même.

Virginia se montra très mystérieuse et l'emmena dans un bâtiment délabré, voir même inhabité, lugubre sans un rat.
Elle le regarda avec un sourire sur le côté, ne sachant pas ou elle l'envoyait, tellement il était sous le charme.
Il croyait aller voir un féticheur, un sorcier ou un guérisseur miraculeux, mais sa surprise ne fut pas de taille lorsqu'on le mena vers un type assez sombre de face, d'une grande envergure avec pleins de cicatrices sur le visage qu'on croyait un mort vivant.
S'approchant pas à pas vers lui, il ne laissa pas de temps de respirer qu'il lui bombarda de questions :
« Qui est tu ??, d'où viens-tu ?, et qu'est-ce que tu attends de moi ??? ».
Rigoberto lui dit d'un air timide : « je…….je……je….. ».
«Il veut tout simplement devenir riche et gouter au show-biz !! », répondit Virginia à sa place.
« Hum hum !! tu veux gagner du pognon mon petit, ok je vais m'occuper de toi ! ». Dit l'homme.
Ainsi il se présenta :
« Mon nom est Baddys, et personne, j'ai bien dit personne ne m'arrêtera dans mes plans !!, je réalise toujours mes plans et ceux des autres à ma manière!!, tu as frappé à la bonne porte et je vais te faire gagner du pognon aussi rapidement que de remplir un verre d'eau !! ».
Le visage de Baddys ne persuadait pas beaucoup Rigoberto à tel point qu'il lui dit d'un air gêné :

Un rêve risqué

« Honnêtement ton offre est super cool, mais je préfère faire ma route en solo ».
Baddys le rassurant : « Fais-moi confiance mon petit tu me remercieras plus tard… ».
Alors il commença à mettre sa confiance en lui que celui-ci lui rétorqua : « suis-moi ».
Donc Baddys lui envoya faire plusieurs missions qui consistaient à rapporter des colis en un temps limité.
Un temps limité, certes, mais pas pour baddys en quoi ces courses étaient une question de vie ou de mort et en même temps, il voulait tester la robustesse de Rigoberto afin de l'envoyer dans des affaires plus lourdes, plus sombres. Mais la situation allait s'empirer…
« Tiens ça !!! ».Avec ce truc tu auras l'air moins coincé quand tu les verras !! », lui ordonna Baddys confiant que sa mission sera une réussite.
« Quoi !! Qu'est-ce que c'est que ce bin's ?? ».
« Tu veux gagner de l'argent non !!!, alors aujourd'hui c'est ton jour de chance !! » lui balança Baddys.
« Mais…mais….je n'ai jamais fait cela et puis je pensais qu'on pouvait gagner honnêtement son billet ?? » s'interrogea Rigoberto avec crainte.
Baddys commença par s'échauffer et lui dit :
« Ecoute petit, tu me prends la tête avec tes histoires la !!!, soit tu l'es et tu le fais, soit tu ne l'es pas et tu ne le fais en te la fermant, c'est bien compris !?
-pour se faire un nom en or dans ce buisines, il faudra passer par des sacrifices, des trucs pas très nets donc mets-toi ça dans le crâne une bonne fois pour toutes !!! ».

Rigoberto comprit selon Baddys qu'il fallait faire n'importe quoi pour être reconnu et se mit à faire tout ce qu'il lui dit de faire.

Un rêve risqué

A partir de cet instant, Baddys prit Rigoberto sous son épaule en compagnie de Virginia et de loubards quelques peu recommandables. Il le faisait apprécier le gout du risque, des bonnes planques, des femmes faciles, des bastons de rues, règlements de comptes et surtout un domaine où il ne connaissait pas ; la –puissante blanche- autrement dit la cocaïne.
Puis Rigoberto commença par se faire une réputation de gars à tout faire de préférence grâce à cette-puissante blanche- à tel point qu'il changea son nom en Bertinho et fut reconnu et respecté par bon nombre de chefs de gangs de Luanda, tout ça parce que c'était le protégé de Baddys.
Peu à peu il oublia son obsession pour l'écriture qu'il la mit entre parenthèses.
Il commença par se dire : « j'ai déjà tout ce que je souhaitais !!
De l'argent, des femmes et surtout, la notoriété d'être reconnu par les siens et quiconque osera se mettre en travers de mon chemin il aura à faire à moi !! ».
Avec ce qu'il avait, Bertinho se sentait tellement en confiance auprès de son mentor qu'il se dit que c'est la meilleure vie dont il espérait.
Il était habitué à tirer sur tout ce qui bouge sans pour autant voir la gravité des choses jusqu'au jour où ce qui devait arriver arriva.

Le tandem organisa une soirée noir et blanc dans le vieux bâtiment retapé depuis peu et invitèrent tous les grands mafieux de Luanda.
Ils furent tellement contents du nombre de personnes qu''ils de dirent : « c'est la plus belle fiesta de notre vie man ».
Mais ils ne savaient pas qu'en fait leur soirée était longtemps tracée par la police criminelle pour un meurtre commis depuis un an. Et c'est grâce à cela que les policiers savaient ou se trouvait Baddys.
Pour Bertinho, la soirée était pour lui un paradis sur terre ; sexe, drogue et alcool a flot. Il finit par apercevoir Virginia et lui proposa de s'éloigner un peu pour discuter avec elle mais se montra sceptique à son

Un rêve risqué

égard : « tu es soul et je ne veux rien faire avec toi !!! »dit-elle. Mais Bertinho ne lâcha pas l'affaire. Il ne commença même pas de la violenter que les policiers enfoncèrent la porte principale en bas à grand coup de bélier. Virginia as eu le temps de se cacher mais pas Baddys et Bertinho, et c'est ainsi qu'ils les prirent avec eux. Ils les emmenèrent au poste dans la nuit.
Arrivés au poste, ils séparèrent les deux acolytes qu'ils mettaient dans des pièces différentes. Les policiers commençaient à mettre Bertinho en condition, mais à leur condition de flic, c'est-à-dire essayer de le déstabiliser moralement afin qu'il crache le morceau.
Ils le harcelèrent : «je sais que tu nous cache des choses mon petit !!!, mais ce que tu dois savoir c'est que tu risques gros si tu ne balance pas !! Alors réponds !! ».
Mais Bertinho ne dit rien, jugeant préférable de garder le silence, chose qu'on lui a appris dans la rue.
« Tu peux toujours courir avec ton bâton la !!! et sachez que vous pouvez faire tout ce que vous voulez de moi, me torturer, me brûler vif, me pendre, ou même faire en sorte que je disparaisse sans donner signe de vie, je ne troquerais jamais ce que je garde au plus profond de moi contre vos coup bandes de sans grades !!! ».
En disant cela, il pensait les avoir tous convaincus mais l'arroseur se trouvait tout de suite arrosé lorsqu'ils lui dirent d'un air mesquin :
« huum….tu crois jouer avec qui la pauvre petit ver de terre !! »
Ils le saisirent par les poignets et le trainèrent, dans une chaleur à en couper le souffle jusque dans un sous-sol désaffecté.
Ils entrèrent dans une petite salle sombre à l'odeur nauséabonde, et se mirent à le bastonner pendant une bonne heure.
Apres ce calvaire, Bertinho fut allongé sur le sol, dans un piteux état et voyant à peine ce que l'on pourrait appeler comme ses ravisseurs, ne fut pas au bout de ses surprises quand il apprit ceci de la bouche des policiers : « tu sais Bertiminus – l'appellent de manière ironique – en

fait nous ne sommes pas flics et tu as du sans doutes t'en rendre compte !!! et malheureusement ton papa n'est plus là pour voir ce joli décor !! »
« de quoi vous parlez la ?! »
« En il y a une chose que tu dois savoir c'est que ton paternel dealait avec nous, traitait avec nous, faisait même les quatre-cent coups avec nous et il finit par retourner sa veste mais ça fut un bon retour de bâton pour lui !! » dit l'un des hommes en rigolant.
Bertinho les regardaient parler de la sorte sur son père, apprenait la vérité tant recherché sur les causes d'absences de son père étant gamin. Du coup ses souvenirs refaisaient surface et créaient en lui une douleur qui l'empêcha de réfléchir.
Ayant fini de s'occuper de lui, ils l'emmenèrent dans leur camionnette et en court de route, le jetèrent près d'une forêt marécageuse et disparaissaient dans la nuit.

Un rêve risqué

Un rêve risqué

Chapitre 2

Le mauvais choix récolté

Le lendemain matin vers l'aube, Bertinho, toujours allongé sur le sol tente de crier au secours, mais la souffrance l'emportait sur sa volonté de crier.
Avec son visage maladif et sa bouche asséchée, il sentit la mort l'appeler qu'une voiture passa à côté de lui et s'arrêta cinq mètres plus loin.
Il n'imaginait pas la chance qu'il avait, puisque ce fut un couple d'éditeurs qui s'y trouvaient au bord. Sortant de la voiture, ils s'approchaient avec la plus grande méfiance et et remarquèrent que Bertinho était bel et bien mal en point.
Sur quoi ils le prirent et l'amenèrent chez eux pour le soigner.
C'était un couple d'auditeurs qui venaient d'ouvrir leur maison d'édition à la capitale mais comme l'armée occupait la zone où ils s'y étaient implantés, ils ont dû fuir ailleurs pour promouvoir leur nouveau statut et se sentir en sécurité.

Un rêve risqué

Tout d'un coup, Bertinho repensa à son rêve et se disait qu'il s'agirait sans doute d'un miracle. Quoi qu'il en soit, la chance revenait vers lui. Bertinho se réveilla après une bonne nuit de sommeil, en meilleure santé, mais aussi avec une envie de vengeance par rapport à tout ce qui s'est passé à son égard ces dernières années.

Non seulement sa situation du moment le troublait, mais le lieu où il se trouvait l'intriguait d'avantage.

« Ou suis-je ?! » demandait-il avec un sentiment d'angoisse.

L'auteur et sa femme, entendant Bertinho crier, allèrent vert lui et lui dit : « n'est pas peur jeune homme, on est la pour t'aider ».

Les yeux à moitié fermées, il essayait de se faire une image de ses parents partit trop tôt, bien que dans l'obscurité à cause des volets fermés, il avait du mal à reconnaître ses sauveurs.

Ils lui dirent d'un ton aimable : « tu est loin de toute cette pagaille maintenant et tu peux nous raconter ce qui t'est arrivé si tu veux ».

Mais Bertinho ne l'entendit pas de cette oreille et ne voulant rien savoir, se mit en tête de venger toute sa famille en criant : « ou sont mes fringues !! donnez-moi mes fringues que je me casse !! »

La rage étant plus forte que la douleur et la raison, il commença à les menacer de tout casser alors qu'il en était incapable dû aux séquelles physiques.

Mais le couple commença à lui dire tout apeuré : « Ecoute ! Estime toi heureux qu'on t'ait retrouvé vivant ok ; alors arrête-moi cette comédie et dis-nous sincèrement ce que tu veux !! »

Mais, plein de haine, il se jeta sur l'auteur en essayant de lui donner des coups, mais il réussit malgré quelques difficultés à neutraliser le jeune homme enragé.

Le seul moyen pour le calmer était de lui injecter un sérum tranquillisant afin qu'il puisse retrouver ses esprits.

Il dit à sa femme : « regarde dans l'armoire à pharmacie et le placard, il y a le fusil dans l'un et le sérum dans l'autre »

Un rêve risqué

La femme a eu le temps de charger le fusil de sérum qu'elle lui injecta deux flèches sur l'avant-bras et Bertinho s'écroula, inconscient.
Ils le soulevèrent pour le mettre dans la chambre, puis ils réfléchissaient sur ce qu'ils feraient de lui.
« Et si nous effacions sa mémoire ? », s'interrogeât l'homme.
Sa femme contesta : « mais tu es fou !! ça pourrait être dangereux pour lui et pour nous et si on nous retrouve pour qu'on nous tue aussi ?? »
Tous deux, réalisèrent à quel point ils se montraient responsables s'ils agissaient ainsi. Mais résolus dans leurs cœurs, ils se dirent :
« finissons-en avec avant que cela retombe sur nous sachant bien les conséquences de nos actions ».
Ils préparèrent un autre sérum, associé avec un autre liquide qui servirait à lui effacer la mémoire sur une période d'une semaine.
Pendant ce temps, Bertinho était toujours inconscient.

Entre temps, Virginia, ayant réussi à fuir lors de l'embuscade et se sentant coupable du sort de Bertinho en imaginant le pire, se mit à sa recherche.
Elle passait ses nuits dans les ruelles les plus sombres du quartier tout en se demandant par quel moyen elle allait sortir Bertinho de la misère et une idée lui parvint à l'esprit.
« La seule chose qui puisse l'amener à reprendre gout dans sa voie initiale, c'est………sa FAMILLE !!!! » dit-elle avec détermination.
Et elle se mit à l'idée de partir à sa recherche pour l'amener vers ce qu'il lui ferait plaisir sans savoir ce qu'il l'attendait devant.
Au même moment, Bertinho se réveilla avant que le couple finit la mixture et se posa tout de suite des questions lorsqu'il vit une seringue de la taille d'un bras sur une table. C'est alors qu'il s'exclama :
« qu'est-ce que c'est que ça !!!! Dans quelle galère je me suis embarqué !! »

Un rêve risqué

« il faut que je bouge d'ici !! ».C'est alors qu'il se leva, s'habilla avec quelques difficultés et sortit par la fenêtre sans faire de bruits mais la panique cria aux oreilles du couple qui se rendirent compte de sa fuite et aussitôt se précipitèrent pour le rechercher. Lampe torche en main gauche, fusil à la droite, c'est avec stupeur et détermination qu'ils partirent à sa recherche.

Pleins de remords, Virginia quant à elle faisait des mains et des pieds pour le retrouver, mais pas de signe de lui en ville. Alors elle emprunta le chemin vers la brousse.

Baddys, ayant été libéré par le reste de ses acolytes en payant une caution dont ne saura jamais le prix, se mit à la recherche de Virginia l'accusant non seulement de l'avoir balance, mais aussi de l'avoir mis en altercation avec un autre chef de bande plus réputé que lui ; chose qu'il n'appréciât pas et prit cela au premier degré.

Bertinho et aussi dans sa liste noire, croyant être trahi par son petit protégé, il montrait encore une fois sa confiance en personne d'autre que lui. Il n'a pas digéré cela.

Donc il ramassa ses acolytes et se mirent également en direction vers la brousse.

Courant sans interruption dans la brousse sans savoir ou aller, Bertinho cherchait désespérément de l'aide, croyant déjà être libre mais il allait affronter d'autres choses encore.

Le couple d'auditeurs qui n'étaient pas habitué en brousse se mit à crier son nom mais en vain. Ils marchèrent et marchèrent tout en évitant les serpents, les cadavres desséchés et leur odeur nauséabonde qui s'y dégageait.

Et manque de peau leur lampe torche commençait à s'éteindre, ce qui les amena encore plus dans la stupeur qu'ils se dirent : « nous allons mourir ici à la merci des fauves donc autant mourir sans douleur que de finir torturé !!!»

Un rêve risqué

Ils étaient au bout du désespoir lorsqu'un coup de feu retentit dans le périmètre qui fit fuir les bêtes sauvages prêtes à se les mettre sous la dent.

L'instant ne fut pas long que leur cœur se remplit de joie et qu'il se demandait qui était leur sauveur afin de se jeter dans leur bras pour ensuite les aider à sortir de ce cal vers. Leurs sauveurs furent enfaite le clan ennemi des SCORPS qui cherchait Baddys et ses acolytes pour qu'il leur rende des comptes.

Pour eux, le couple serait la piste parfaite menant à Baddys, et pour le couple, les SCORPS seraient leur sortie de secours et le moyen de retrouver Bertinho mais ils ne sont pas au bout de leur surprise.

Quant à Virginia, elle était déjà en route pour la brousse sauvage. Connaissant déjà le chemin, elle vit au loin de la lumière et se mit par la suivre sans savoir sa destination.

Elle s'aperçut aussitôt que cette lumière provenait non seulement des torches que les hommes tenaient à la main et qui se dirigeaient dans leur quartier général qui se situait dans une zone vaste et entouré d'arbres.

Virginia faisait tout pour ne pas se faire remarquer se cacha derrière les feuillages tout en écoutant ce qu'il manigançait et à sa grande surprise elle comprit qu'ils complotèrent de la traquer pour en finir avec elle. « En finir avec moi !!! » s'exclama-t-elle.

Ne sachant pas quoi faire, elle voilait se précipiter pour fuir mais dans l'action son pieds s'est heurté contre une branche qui la fit trébucher, la fit basculer tout en roulant jusque dans la zone et c'est à cet instant que la situation allait tourner au vinaigre.

Voulant se lever, elle se trouva nez à nez avec un des gardiens du camp qui lui demande en brandissant son arme sur elle : « Que viens-tu faire ici gamine !!! »

« J'ai atterri ici par accident et je veux savoir qu'est-ce que vous voulez de moi au juste ?! » se dit-elle.

Un rêve risqué

La regardant avec un sourire sur le coin de son visage, l'homme fixa son arme sur elle et s'apprêta à tirer lorsque le chef de la bande l'arrêta sur le champ et le blâma par rapport à la stupidité qu'il allait commettre : « mais t'est dingue ou quoi c'est notre piste on a encore besoin d'elle !! » s'exclama t'il.
« Attachez-la et enfermez-la dans la case sans lumière !!! »
Ils firent cela avec tellement de brutalité que Virgina tomba dans les pommes et se rendit compte de rien.
Bertinho continuait à courir tout en espérant voir l'issue jusqu' a ce qu'il le découvre.
Enfin pour lui c'était une issue en voyant de la lumière qui illuminait son visage d'espoir.
Mais cet espoir sera de courte durée en s'apercevant qu'en réalité celle-ci représente le quartier général des hommes qui tiennent Virginia en otage.
Ne sachant rien de cela, il s'approcha pas à pas avec prudence, ne finissant même pas de poser le pied qu'on brandit une arme sur sa nuque avec une voix qui lui disait : « tiens tiens !! c'est le petit qu'on cherchait depuis longtemps !!! »Dit l'un des hommes de Baddys en ricanant discrètement. Il le prit par la nuque et l'amena aussitôt jusqu'à Baddys.
Ils n'étaient pas loin de leur zone que Bertinho réussit à s'échapper de l'homme et se mit à sa poursuite dans la fôret sombre et danse.
Ne sachant pas où aller, les deux se poursuivent au milieu de serpents et de bêtes sauvages dépassant même la peur de subir une attaque tellement la rage pour l'un complémentait la peur pour l'autre.
Continuant de courir, Bertinho aperçut une foule de gens sans reconnaitre de visage pensant à des personnes qui l'aideront éventuellement mais la suite nous le dira.
La bande rivale, appelée les SCORPS accompagnée du couple d'écrivains aperçurent eux aussi deux ombres s'approcher et le mari

finit par reconnaitre le visage de Bertinho et s'écria : « Bertinho !!! C'est toi ?? ».
Bertinho à son tour reconnut aussi la voix ainsi que la silhouette de l'éditeur et de sa femme.
Et ce fut du pain béni pour les SCORPS lorsqu'ils reconnurent aussitôt un de leur rival, c'est-à-dire l'homme armé qui poursuivait le jeune homme.
L'homme armé craignait un guet-apens s'arrêta et visa son arme sur eux qui à leur tour visèrent la leur sur lui et le chef des SCORPS lui dit :
« Ecoute mec, je sais que tu bosse pour Baddys et nous aimerions avoir une petite discussion avec lui au sujet d'une affaire qui nous tiens à cœur si tu vois ce que je veux dire !!! ».
« Qu'est-ce que vous lui voulez ?! » dit l'homme.
« tu sais mon cher nous sommes des gens qui ne parlons pas beaucoup et tu vois si tu veux faire durer le suspense tu n'auras pas le choix entre nous amener vers lui ou le jeune homme nous amènera à lui ».
L'homme de Baddys, ne sachant pas quoi choisir comme option, agit à contre cœur et baissa son arme tout en se résignant à les amener à Baddys.
Mais ce qu'ils ne savaient pas, c'est qu'il en informa son chef par un signal électronique, ce qui les força à se préparer en vue de l'affrontement contre les SCORPS.

Un rêve risqué

Cependant au quartier général, Baddys et ses hommes, sachant maintenant que leurs rivaux s'approchaient vers eux, s'apprêtaient afin de les recevoir avec impatience.

Virginia finit par se réveiller et par réaliser que Bertinho était plus proche d'elle qu'elle ne pensait.

Etant aussi au courant de la venue du gang rival, elle se mit à imager l'issue de ce qui va se passer pour éviter se dit-elle, le pire.

Bertinho commença lui aussi par fomenter un plan mais réalisant qu'il ne pourra pas l'accomplir seul, demanda au couple d'éditeurs de l'aider malgré tout ce qu'il s'est passé entre eux. « je vais le faire parce que c'est pour la bonne cause et en même temps Virginia sera sauvée ».

Et ils s'approchèrent du quartier général du gang rival, les BADDY'S BOYS.

Le chef des SCORPS ordonna à ses hommes d'entourer toute la zone en s'armant jusqu'aux dents, et prirent Bertinho avec eux afin de faire croire aux gardes ennemis qu'ils sont venus leur livrer le jeune homme.

Baddys, voyant son rival de la fenêtre de sa base avec Bertinho qu'il promit de s'emparer de lui, se contenait avec calme et se munit d'une arme et sortit avec la plus grande méfiance.

Il s'avança à petit pas et s'arrêta à quelques mètres du chef rival en lui posant une question : « pourquoi tu m'apporte le gars alors que je t'ai sur un plateau devant moi ?? »

Ne comprenant pas la question de Baddys, le chef rival lui répondit d'un air provocateur : « Ne cherche pas de prétentions à deux balles !! Je suis venu pour deux raisons !! La première, c'est pour le fric que tu me dois depuis cinq ans et la deuxième, c'est pour avoir ôté la vie de mon frère et je suis venu te la prendre une bonne fois pour toutes !!!! » lui dit-il d'un air déterminé et prêt à en découdre.

Bertinho chercha une échappatoire en regardant l'éditeur dans les yeux pour lui faire un signe afin d'agir au moment voulu quand tout à coup,

Un rêve risqué

les deux gangs rivaux faisaient un grand cercle de combat, et les deux chefs rivaux étaient au milieu prêts à s'affronter à mains nues.
Le combat commença, les deux groupes obnubilés encouragèrent chacun leur chef de vive voix qu'ils ne remarquèrent pas l'absence de Bertinho et de Pedro l'éditeur, pas même le garde de la case ou Virginia était situé qui abandonna son poste.
Ils se précipitèrent dans la pièce ou Virginia était tenue prisonnière.

Virginia et Bertinho n'eurent pas le temps de se saluer qu'ils se jetèrent dans les bras l'un l'autre avec joie et stupeur.
« J'étais terriblement inquiète pour toi et je m'en veux de t'avoir laissé entre les griffe de ce Baddys la !!! Mais maintenant que tu es là je ne vais plus te quitter des yeux » dit Virginia.
« C'est oublié tout ça !! Le plus important sera de sortir d'ici, de me faire la paix et de retrouver mes frères si ils sont encore vivants a oui !! J'ai oublié de te présenter Pedro, c'est lui qui m'a sorti de ce bourbier et le pompon dans tout ça c'est que c'est un éditeur » dit-il avec joie.
De la pièce ils commencèrent à entendre des coups de feu répétitifs sans interruption, et pendant une bonne dizaine de minute le carnage continuait jusqu'à ce que cela s'arrêta.
Ils attendirent cinq minutes puis ils sortirent en courant, et furent équerrés et terrifiés de ce qu'il leur était arrivé. Slalomant entre les corps, ils n'eurent pas le temps de reconnaitre qui est qui, mais retrouvèrent la femme de l'éditeur Josélita encore vivante, ce qui fut la joie de Pedro. Quand soudain, une balle sortie de nulle part atteint le dos de l'éditeur et s'effondra brusquement. C'était en fait un homme de gang encore vivant qui utilisa sa dernière balle avant de mourir.

Choquées, Bertinho, Josélita et Virginia tentèrent de secourir Pedro tout en essayant de rassurer l'épouse, mais en vain.

Un rêve risqué

Au grand désespoir, Pedro mourut, laissant Josélita et Bertinho dans la plus grande déception, à savoir la perte d'un être cher pour l'une, et la perte d'un rêve si proche pour l'autre.

Ils prirent le corps de Pedro, l'enterrèrent quelques mètres après, et trouvèrent une voiture afin de sortir au plus vite de cette zone morte qui, à leur yeux, ne fut qu'un mauvais souvenir.

Mais pour Bertinho, son ambition n'allait pas s'arrêter ainsi.

Ils réussirent par retrouver leur chemin et déposèrent Josélita chez elle. Bertinho lui dit : « je suis conscient que c'est une perte bien plus douloureuse pour toi, mais c'est une perte aussi pour moi parce que j'aurai voulu en apprendre d'avantage sur lui hélas, il n'est plus. A partir de ce jour je fais le serment d'aller jusqu'au bout de mes rêves !! Reste forte et on reviendra te voir », lui dit-il d'un aire déterminé.

Se rappelant de ce que lui disait sa mère, il mit tout ce qui était à sa disposition pour accomplir son objectif à long terme.

Virginia, voyant la ténacité du jeune homme lui dit : « je suis contente que tu aies pu retrouver gout pour ta passion mais il y a une chose qui manque ».

-« Qu'est ce qui manque ?? »

-« Déjà tu dois regagner ton joli prénom que tu as si misérablement camouflé par je ne sais quel nom la !!!! »

-« ah oui j'avais oublié celui-là c'est vrai j'aime mieux Rigoberto, c'est le nom que ma mère m'a donné ».

-« et puis il y a une chose encore à changer !!! »

-« ah bon quoi encore ??!! » répliqua Rigoberto en s'imaginant au pire.

-« à partie de cet instant je fais partie de ta vie et tu n'as pas le choix et j'irai ou que tu ailles !! » lui déclara Virginia.

« Est-ce une déclaration ou un ordre ??? »

-« A toi de voir si tu as assez de sentiments pour moi !! »

Un rêve risqué

Rigoberto resta ébahit, ne s'imaginant pas qu'une si jolie fille puisse rester avec lui et l'aider à accomplir son rêve.
Il finit par lui dire : « ok d'accord alors sache que tu ne seras pas déçue avec moi ». Et ils se donnèrent un baiser.
Virginia lui dit : « Il faut que je te présente à mes parents si tu ne vois pas d'inconvénients bien sûr et ne te fais pas de soucis pour mon père, c'est un policier »
-« euh…non aucun problème » lui dit Rigoberto rempli d'appréhendions.
Une fois arrivé chez les parents de Virginia, il sentait monter en lui la crainte de déplaire au père de sa bien aimé qu'il lui posa toutes les questions du monde : « est ce qu'il est gentil ?? Est ce qu'il est méchant ?? Acceptera-t-il un garçon comme moi ?? Ou bien me mettra-t-il en prison par rapport à mon passé de voyou ?? »
Ses interrogations faisaient rire Virginia, au point qu'elle lui dit : « n'est pas peur il ne fera pas de mal à une mouche et en plus c'est un ancien policier qui est aujourd'hui à la retraite »
Ils s'avancèrent de la porte mais pour Rigoberto, chaque pas était une épreuve pour lui et Virginia était a ses côtés pour le rassurer.
Elle sonna à la porte pendant un bon moment et l'on finit par l'ouvrir et la, Rigoberto fut plus que pâle.
La mère de Virginia leur ouvrit la porte. Sa mère, Valentina Boya, était une brillante avocate connue dans le quartier comme celle qui a aidé beaucoup de personnes à s'en sortir.
Elle exprima sa joie lorsqu'elle vit sa fille qu'elle n'a pas revue depuis des mois accompagné d'un beau jeune homme (en parlant de Rigoberto) : « oh ma fille !!! Oh ma fille !!!, Te revoilà parmi nous en plus d'un beau garçon la entrez ne restez pas dehors !!! »
Virginia demandant : « ou est papa ? »
Sa mère répondit : il est là-haut en train de faire quelques petites bricoles »

-« je monte dans ma chambre me débarbouiller j'arrive » leur dit Virginia.

Les laissant seuls, la mère changea de visage et regarda Rigoberto avec un tel mépris qu'il commença à se poser des questions sur l'attitude de sa mère.

Il n'ouvrit pas encore la bouche qu'elle lui balança des remarques désobligeantes à son égard comme : « Je sais que tu n'as pas encore de boulot et tu veux prendre ma fille en otage c'est ça ??

Ne me prends pas pour une cruche ce n'est pas au vieux singe qu'on apprend à faire la grimace je te connais tu ressembles à la majorité des garçons qui profitent de l'innocence et de la naïveté de nos filles pour les priver de leur libertés !!! Crois moi je t'ai à l'œil mon garçon !!! »

Le père, descendant pour voir ce qui se passait au salon et ayant entendu tout ce que son épouse disait au jeune homme, lui ordonna d'arrêter ces élucubrations parce qu'elle avait dépassé les bornes : « Dis donc toi c'est de cette manière tu reçois les invités un peu de tenue la et respecte toi quand même !!!! »

Le jeune homme, ne s'imaginait pas à l'instant que le père allait se comporter de la sorte à son égard qu'il fut honoré de faire sa connaissance.

Ce qu'il ne savait pas, c'est que le père, étant informé de la réputation de Rigoberto, et voyant la sincérité dans ces yeux, fit profil bas sur cette affaire et dit à sa femme : « si il était tout ce que tu as décrit là il ne serait pas avec notre fille !!! »

Il s'adressa maintenant à Rigoberto : « Mon nom et Tito et je suis enchanté de faire ta connaissance. Euh dis-moi petit, je suis conscient que tu n'as pas encore de boulot et si tu veux je peux m'arranger auprès de mes relations si tu veux ! »

-« je vous remercie monsieur Boya, mais j'ai d'autres ambitions dans ma tête.. » lui répondit -il.

-« ah bon !! Et lequel ? »

Un rêve risqué

-« celui de devenir écrivain.. ».
Il a à peine terminé ce qu'il vient de dire que Virginia descendit à son tour et demanda à ses parents ce qu'il pense de lui : « vous ne l'avez pas terrorisé j'espère »
-« non on a juste fait le point avec lui en ce qui vous concerne et je pense que ce sera un bon parti !! »
La mère, préférant ne rien dire, approuva par un signe de tête ce que le père proféra et s'en alla vers la cuisine.
« Papa, Rigoberto et moi allons en ville se balader un peu »
-« ok prenez ma voiture et faites attention à vous et.......Rigoberto n'oublies pas ce que je viens de te dire tout à l'heure !! »
-« promis !! », dit Rigoberto.
Les deux tourtereaux s'en allèrent de la maison.
Dans la voiture, Rigoberto se sentit tout stupide d'avoir eu un jugement hâtif vis-à-vis du père de sa dulcinée. Finalement, il se dit qu'il serait bien assorti à cette famille mais il lui restait une mission importante mais vitale pour sa vie : retrouver sa véritable famille, ses frères et sœurs. Pour se refaire une nouvelle vie, il lui fallait repartir à la source et c'est dans cet élan qu'il partit pour Huambo, la ville de son enfance et de ses premiers pas dans la littérature.
Arrivés à Huambo, Rigoberto ressentit la nostalgie vibré en lui et l'odeur des bonnes grillades que lui faisait sa tante. Les cache-cache qu'il faisait avec ses camarades de classe et du quartier dans le fameux parc mais surtout, je dis bien surtout, la place du marché ou il aimait chiper les fruits et légumes qu'il aimait dévorer. Il se rappela aussi qu'il fit corriger sévèrement pour cela.
Ils arrivèrent près de la maison familiale et un sentiment de tristesse commença à l'envahir à tel point qu'il éclata en sanglot devant Virginia.
Il sortit de la voiture, et entra dans la maison, qui fut abandonné après que les autres eurent quitté la maison il y a cinq ans de cela ; il aperçut un canapé trainant par ci et une télévision trainant par là au salon, et

dans la chambre il découvrit sa cantine à livre qui était dons son placard. Il ouvrit son coffre prit les livres les plus importants et sortit dans le jardin accompagnée de Virginia pour se recueillir devant la tombe de sa mère qui y était enterrée et lui dire tout ce qu'il avait sur le cœur :

« Maman, ça me fait tellement plaisir de te parler même si tu es sous terre et cela me permet de me dire que la vie n'est pas fini pour moi. Grace à tes paroles pleines de vitalité et d'espoir que je buvais le matin, le midi, et le soir, je peux placer ma première brique d'espoir dans cette vie que je vais concevoir….

Maman, même si Papa n'était pas souvent la, nous étions mes frères et moi un pilier pour toi afin que tu ne sombre pas, mais le chagrin a été plus fort que nous mais une chose est sure, c'est que tu serais fière de nous parce que tu nous as répété sans cesse que la vie est un cadeau qu'il faut astiquer, savoure mais surtout aimer…

J'ai trouvé une femme à tomber par terre et je remercie le ciel de me donner la tache de m'occuper d'elle.

Et ne t'inquiète pas, je veillerais sur toi ainsi que les autres si je les retrouves bien sur….. Sur ce je te laisse pleins de larmes et te garde dans ma mémoire vive…..je t'aime maman ».

Ils passèrent la nuit dans la maison avant de repartir le lendemain.
Le jour se lève à Huambo, il est huit heures du matin.
A ce même instant ils se levèrent, fermèrent toutes les fenêtres et portes des pièces de la maison et se mirent à la recherche de ses frères.

Un rêve risqué

Chapitre 3

Quête familiale du rêve

Arrivé sur place, il commença par interroger les gens du quartier aux alentours, afin de recueillir des indices qui lui permettra de les retrouver rapidement et de reformer une FAMILLE tout en accomplissant son rêve.
Rien ne pourrait l'empêcher de parvenir à ses fins. Il frappa à toutes les portes, mais sans succès. Il continua encore jusqu'à ce qu'il croisa une tante à lui nommée Yaya qui était si contente de le voir qu'elle s'agenouilla et lui embrassa les pieds.
Mais Rigoberto, plein de gêne, la releva et la serra plutôt dans les bras ainsi que Virginia.
Elle les fit rentrer chez elle et les mit à l'aise.
Rigoberto lui demandait les nouvelles du quartier : « alors tata les nouvelles sont bonnes ici ? »

-« oh ici les choses ont changé mon fils ….Depuis que la drogue est arrivé ici on ne peut plus dormir ici ; les enfants sont devenus grands et sont devenus méconnaissables et me reconnaissent plus.
Mais te voir est pour moi un baume au cœur parce que tu es quelqu'un de bien et que tu auras tout ce que tu souhaites dans ta vie…..c'est ta femme ??? », Demandais la tante.
-« ah oui j'ai oublié de te la présenter, elle s'appelle Virginia »
-« elle est magnifique !!! Elle me rappelle ta mère dans sa jeunesse »
-« je vous remercie tata yaya….si nous sommes venus ici c'est pour savoir ce qu'il en est des frères de Rigoberto ; avez-vous des nouvelles d'eux ??? »
La tante baissa les yeux et secoua la tête tout en disant : « mon fils, j'ai eu des nouvelles de tes frères et sœurs, mais je pense qu'ils ont besoin de toi tellement la mort de ta mère les a affecté et je pense également que toi et je dis bien toi seul sera en mesure de les aider à s'en sortir !!! »
Rigoberto se vit investit d'une mission supplémentaire ; celle de retrouver les membres de sa famille.
« Ton frère Francis par exemple a fini par divorcer et par devenir poivrot, trainant de bars en bars et dormant chez des amis…il est visible parfois sur Benguela et Lubango… »
« Pour ton autre frère Papis c'est plus compliqué que ça…. Etant accusé pour braquage à main armé, il a pris pour six ans ferme à la prison centrale de Benguela ; il doit sortir cette année…. »
-« Ca commence déjà mal tout ça !! » affirma-t-il.
« Ensuite pour Paulo, il n'a pas eu la gloire qu'il voulait, mais il continue à se produire sur Porto Amboim avec sa troupe tous les jours de la semaine afin de gagner sa croute… ensuite il y a Maléya qui s'est marié avec un producteur de Flims pas très catholiques et se fais parfois battre par celui-ci et quant à sa carrière de chanteuse, elle l'a mise de côté pour élever ses triplées ; elle habite à Gabela vers Qui bala….. »

Un rêve risqué

« Mais ce n'est pas possible ça !!! » s'exclama Rigoberto.
« Si ça l'est mon fils et je n'ai pas fini…..Abyla, aaaah… Abyla celle qui paraissait plus forte mais en réalité avait une personnalité fragile. Elle s'est mise à fréquenter tous les jeunes hommes du quartier et a fini par avoir une réputation de fille facile……et ce qui est dommage c'est qu'elle était bien parti pour être une femme exemplaire, elle loge dans un hôtel pas loin d'ici vers la gare routière à 10 km de là.
-j'espère qu'elle se souviendra de moi, dit-il.
-Edilio, que le ciel lui vienne en aide afin qu'il puisse retrouver gout à la vie, lui qui rêvait de devenir le héros de la nation, fut la honte de la nation lorsqu'il déserta l'armée parce qu'il n'avait plus envie simplement.
Il est au foyer de Sumbe, près de la plage et ça lui fera plaisir de le voir …
-merci ma tata Yaya que ferai-je sans toi, maintenant je sais ce qu'il me reste à faire !!! »
La tante lui fit une liste d'adresse auquel ses frères et sœur sont situés et le lui donna.
« Mon fils fais bien attention à toi car tu es l'espoir de la famille et je compte sur toi pour les rassembler !! »
« Je te fais la promesse tata Yaya je t'aime… »
Puis ils l'embrassèrent et leur dona un peu d'argent avant de prendre leur route pour Lubango.
Ils mirent au moins une heure pour atteindre la ville et réservèrent une chambre d'hôtel pour s'y reposer et ensuite repartir à l'aventure.
Ils commencèrent par rentrer dans les maquis, bars, restos, mais aucune trace de son frère.
Puis ils marchèrent sur la route rouge menant au marché pour acheter quelques provisions. Arrivant au stand des légumes, Rigoberto fut bousculé par un homme qi s'excusa par la suite avant de prendre sa route.

Un rêve risqué

Soudain, Bertinho comprit que s'était son frère Francis et il se mit à sa poursuite.
Il commença à l'appeler : « Francis !!! », Il s'arrêta, se retourna et c'était bel et bien lui mais il ne se rappela presque plus de Rigoberto : « c'est….c'est…..c'est toi frangin ?? » dit le frère l'air étonné.
Les deux frères se serrèrent dans leurs bras malgré la négligence et la puanteur que dégageait Francis.
« Je pensais que tu ne cherchais plus à nous voir !!!
-non on va dire que je suis parti à l'aventure et que cette aventure n'est pas plus importante que vous et je suis content de t'avoir retrouvé …je te présente Virginia ma copine….
- Wouaou elle est belle dis donc tu t'es dégoté le gros lot on dirait !!!
- tu l'as dit frérot on s'aime et ce qui compte. Maintenant qu'on s'est retrouvé on ne se quitte plus des yeux ok !!! »
Francis partit avec eux mais cette fois ci à la recherche de leur autre frère Papis.
Ils discutèrent de tout et de rien sur la route tellement les retrouvailles étaient intenses : « Alors Rigo ça s'est passé comment la vie à Luanda tu es devenu un écrivain blindé de thunes ou quoi ?? »
En réponse Rigoberto lui dit « Tu sais mon frère la vie nous réserve parfois pas mal de surprises et avec le temps tu comprends en quoi consiste la vie….
- mais tu ne m'as pas répondu la !!!
- écoute Francis pour te répondre clairement je n'ai pas un sou et je n'ai même pas encore commencé pour te dire donc arrêtes de me poser ce genre de question s'il te plait !!
-houlà !! J'ai touché au point sensible à ce que je vois !!! bah tu sais quoi ? Je n'ai besoin d'ide de personne tu m'entends personne !! D'ailleurs dépose-moi j'en ai marre !!!!
-eh reste tranquille et puis ouvre bien tes oreille pour écouter ce que vais te dire ; tu sais ce que tata yaya m'a dit la veille ??

Un rêve risqué

-pfff laisse cette tata yaya………
-Ne me coupe pas la parole Francis !!!!, d'un air bouillant.
Tu sais ce qu'elle m'a dit à propos de vous la ?? non alors reste tranquille je te le répète encore parce que tu risques de ne pas vivre longtemps !!!
-ah bon !! Qu'est-ce que tu vas me faire tu vas me tuer c'est ça ???
-Non c pas moi qui le fera mais la rue et je t'aime trop pour t'y laisser !!
Si je te dis que je m'occuperais de toi alors je m'occuperais de toi !!!!
Francis, imaginant que son frère ne l'aimais pas lui répondit avec surprise : « je t'aime moi aussi petit frère…. ».
Il y eu un silence pendant tout le trajet jusqu'a la prison centrale de Benguela.
Là ils rendirent visite à leur frère Papis, qui était incarcéré depuis six ans comme le lui dit sa tante Yaya. Lorsqu'ils le virent au parloir, ils restèrent quelques secondes à se regarder avant de prendre la parole : « Papis !!! » dit Rigoberto stupéfait par le fait qu'il était lui aussi méconnaissable.
« Oh là là !!! ça fait tellement plaisir de voir vos têtes ici la alors ça gaze la vie dehors ou quoi ? »
« Moi comme tu vois toujours en vadrouille jusqu'à ce que super Rigoberto vienne à notre aide !! »
« T'est sérieux quand tu nous lâche ça !!! Les vieux ont plus la et maintenant tu débarque pour nous sauver de quelles griffes ?? Et puis….Elle est mimi la poule qui est avec toi petite tête !!!! », Dit Papis.
« Surveille ton langage devant elle c'est ma copine et alors ?? On n'est pas venue pour parler d'elle ici je suis venu pour te faire sortir d'ici !!!
-Qu' est-ce que tu racontes là je préfère rester ici je suis libre ici !!!
-Mais est tu libre intérieurement par rapport à la famille ??
-La famille, tu parles de la famille moi je vais te dire quelque chose elle est morte la famille !!!!! Fini !!! Disparu !!!

Un rêve risqué

-d'accord tu peux rester dans ta cellule pourrie ou tu continueras à ne pas voir la lumière du jour et ou tu respireras ce qui est irrespirable !!! Tu penses être libre alors que tu es esclave de ce qui te fais le plus peur à savoir la famille et tu le sais très bien alors fais le malin comme tu peux mais sache une chose …. Je me suis arrangé avec ton directeur de prison et tu as jusqu'à ce soir pour te décider de nous suivre ou pas pour une nouvelle vie !!!! »

Ainsi se termina leur petite discussion qui marqua Papis pendant un certain moment et se disait que cela valait le coup d'essayer quand même.

Le soir même, il sortit de la prison centrale, respirant l'air, l'air de la liberté tant rêvée qu'il voulut courir vers la voiture mais par fierté mal placée, il préféra marcher. Les voilà partis pour Porto Amboim.

Au milieu de la route, Papis n'arrêtait pas de faire des avances à Virginia que cela exaspérait Rigoberto qu'il lui dit : « Papis à quoi tu joues la ??

- Bah je joue au grand frère tu ne vois pas ??

- arrête cette comédie là on ne joue pas avec ça même si on est frère, je n'ai plus huit ans la !!!!

- Et alors ?? C'est une femme non ??

- oui c'est une femme et tu vas me faire le plaisir d'arrêter ça ou je me fâche !!!

- dis donc je t'ai sonné l'alcolo !!! (S'adressant à son grand frère Francis).

- la tu as dépassé les bornes !!! » Sur quoi Francis ordonna Rigoberto d'arrêter la voiture en plein autoroute pour donner une correction a Papis.

Mais Rigoberto s'interposa, en les reprenant : « non mais vous êtes malades !!! Je me casse la tête afin de vous réunir et vous vous donnez en spectacle devant les automobilistes et devant ma copine !!! Vraiment vous me faites honte !!! »

Un rêve risqué

Francis dit : « vraiment Rigos je viens parce que c'est toi sinon je lui aurais cassé la figure tellement il m'énerve il ne connaît pas les bonnes manières celui-là à peine sorti de taule et tu commences à faire le fou la ? Ressaisis-toi !! »
Finalement, Papis se calma et ils remontèrent tous dans la voiture
Et repartirent pour trente minutes de trajet.
Ils débarquèrent ensuite sur Porto Amboim, là ou il y a également un festival de musique organisé par la communauté.
Leur frère Paulo n'était pas encore arrivé, ce qui leur permettait de prendre du temps sous une chaleur de 34°C et aussi de se détendre.
« Bon on se donne rendez-vous ici ok moi je vais faire un petite truc !!! Virginia tu viens avec moi…, dit Rigoberto.
- Ok moi je suis à la buvette de toutes façons…., dit Francis.
- Moi je vais chercher les gazelles !!! Fredonna Papis. Et ils se séparèrent comme convenu.
Rigoberto et Virginia allèrent s'informer sur les horaires de début du spectacle quand il entendit un gros bruit venant d'une ruelle à cinq mètres de leur position. Sans pour autant faire le justicier, il s'approcha du lieu, mettant Virginia derrière lui pour éviter toute casse et s'approcha lentement jusqu'à ce qu'il découvre un homme se faire requêter par deux individus qui n'étaient même pas armés.
Rigoberto essaya de discuter avec mais sans succès.
« Soyez sympas les gars !! C'est mon petit frère, vous n'allez tout de même pas l'amocher pour quelques pièces vous aussi !!! Si vous voulez, je vous donne tout ce que j'ai…
-Non mais t'est malade !!! cria Virginie.
-Attends laisse-moi faire ma puce, ils l'accepteront qu'ils le veulent ou non !!
- Ri-go-ber-to….murmura Paulo.
« C'est bon mon frère va vous donner l'argent les gars !!! »

Un rêve risqué

Les deux hommes acceptèrent l'argent et s'enfuirent sans se retourner….
« Espèce d'imbécile va !!!J'espère que tu vas me redonner la somme exacte avec ton spectacle la !!!!
- Mon frère comment vas-tu ca fais tellement longtemps, viens dans mes bras !!!
- Avec ce qui s'est passé là tu ne mérites pas mon accolade !!!
- excuse-moi de t'accueillir comme ça mais tu as bien fais de leurs donner sans quoi tu m'aurais vu dans un cercueil sans vie….
-Bon allez j'accepte ton pardon à cause de la famille…. »
Et ils se serrèrent également dans les bras.
« Dis-moi c'est ta copine ? Enchanté !!! dit Paulo
- Egalement…, dit Virginia.
- Je suis venu avec Francis et Papis aussi…
- Papis est sorti ?? J'espère qu'il ne va pas refaire des conneries celui la….
- Non ne t'inquiète pas j'ai l'œil sur lu maintenant….
- Et Francis toujours alcoolique ?
- J' espère plus maintenant mais allons les voir ce sera mieux… » Dit Rigoberto.
Ils se dirigèrent vers la place pour retrouver les autres et ou Paulo allait jouer avec sa troupe mais ils auraient dû venir plus tôt.
Ses frères, se sont tellement lâchés dans ce qu'ils faisaient que la honte aurait pu mettre à mort Rigoberto.
Francis était tellement bourré qu'il fut étendu par terre, menaçant le serveur de la buvette de le servir à outrance.
Papis, lui, s'est battu contre un homme parce qu'il draguait sa copine à son insu ; il a fallu au moins trois personne pour le neutraliser.
« Mais qu'est-ce que j'ai fait à Dieu pour mériter tout ça !!!! » soupira Rigoberto. Virginia entre temps, téléphona à son père pour le rassurer en lui expliquant leur situation.

Un rêve risqué

Une heure passait, et Rigoberto leur posa une question pendant que Paulo répétait : « Dites-moi, aimez-vous maman ???
- pourquoi tu nous le demande ; bien sûr que oui !!!
- Non moi je ne le pense pas parce que sinon vous ne seriez pas en train de vous afficher en public comme des ploucs !!! vous savez le boulot que je fais là ce n'est pas pour moi uniquement, c'est pour maman et papa donc ayez du respect je vous en prie bon sang !!! »
Francis, pendant ce temps-là, dessoulait tranquillement dans la voiture jusqu'à la fin du spectacle.
Le concert se déroula sans aucun problème et Paulo réussi à récupérer pas mal d'argent et annonça à son public un retrait provisoire pour des raisons familiales.
Ils passèrent la nuit à l'hôtel et repartirent tôt le matin avec Paulo. Gabela, petite ville commerçante et débrouillarde, les attirèrent pas mal mais ils ne devaient pas s'acquitter de leur mission ; celle de retrouver leur sœur Maléya. Elle habitait près du bar central, bar branché avec de la bonne musique représentant l'époque évidemment, nous étions en mille neuf cent quatre-vingt-sept et la ville était réputée pour être pas mal animée. Et aussi un bon restaurant ou ils pouvaient sentir l'odeur de crevettes grillées.
« huuuum ces crevettes me donnent l'eau à la bouche !!! Allons faire un tour pour en déguster avec un bon plat…. » Suggéra Papis.
Ils se restaurèrent jusqu'à quatorze heures puis se rendirent chez Maléya. Une fois arrivés devant, ils se concertèrent pour savoir comment ils allaient s'y prendre si jamais il y aurait de la casse :
« Moi je vais lui faire la peau à cette enflure !!!!Exigea Papis.
- Ou bien on l'attrape et on le ligote afin de la torture bien comme il le faut !!! proposa Francis.
- Arrêtez les gars on va faire mieux ; quelqu'un a un enregistreur parmi vous ?
- Oui moi, répondit Paulo.

Un rêve risqué

- Tiens passe le moi comme ça on va lui tendre un piège et si il s'avise de faire le malin, on aura la preuve à l'appui !! suggéra Rigoberto.
- bonne idée !!! dit Paulo.

Le plan établi, ils frappèrent à la porte et une voix presque amochée répondit : « oui qui est ce ? - c'est ton frère Rigoberto !! »
Tout à coup un silence s'installa, et il lui a fallu trente secondes avant qu'elle ne réponde : « qui t'a envoyé !!! tu es venu pour me livrer à la police c'est cela ?! », Déclara Mayéla, apeurée.
« Ouvre et je vais tout t'expliquer !!
- Non je……je ne peux pas !! Vat 'en s'il te plait avant que j'ai des ennuis… !!
- mais je suis là pour t'aider ma sœur, ouvre pour l'amour de Dieu !!!
- Qui vient nous créer des problèmes encore là!!! ; Je t'ai dit de ne pas recevoir de visites et tu ne m'as pas écouté !!!! (Le mari, réveillé à cause des pleurs de l'enfant, en profita pour se mettre en colère après Maléya).
- Commence à enregistrer !!!ordonna Rigoberto.
- Dès que j'ai le dos tourné tu essaie de faire la java ca na va pas se passer comme ça !!! ».

Puis il se mit à la battre comme d'habitude, et c'est à cet instant là qu'ils enfoncèrent la porte et se jetèrent sur lui pour le ligoter comme prévu.
« Espèce de tache !!!! Tiens ca!!!
- arrêtes tu vas le tuer !!! »

Francis, voyant rouge sur lui, le ruait de coups avant l'intervention de Papis qui finit par le neutraliser.
« Vous êtes tarés ou quoi ? Et qui êtes-vous au juste !!!
- Nous sommes ses frères et si jamais tu remets la main sur elle je te fais la tête au carré d'ailleurs tu ne la toucheras plus et elle part avec les enfants….

Un rêve risqué

- Pour qui vous prenez vous je suis un producteur de films porno pleins aux as et vous ne me faites pas peur ok… !!!
-On te fait pas peur certes, mais nous t'avons enregistré mon gars, ce qui veut dire que si tu fais le malin avec nous on va t'allumer chez les flics avec cet enregistrement et heureusement que mon frère a été retenu sinon tu n'aurais plus de dents pour parler….ai-je été assez clair ??? »
« Hummm….allez-vous en d'ici !!!! ». Maléya se dépêcha de prendre quelques affaires, ainsi que des linges pour ses enfants et ils partirent de l'appartement.
Arrivés dehors, ils regardèrent tous Maléya en lui disant : « toi là je ne sais pas pourquoi tu as été cherché un homme comme ça !!! tout ce que tu es devenu ne te ressemble même pas voyons est ce que c'est ce qu'on t'a appris !!!! », Disaient Francis et Papis remplis d'amertume.
« Laissez-moi tranquille occupez-vous de vos ognons à commencer par toi le poltron !!! », en parlant de son grand Francis.
« C'est à moi que tu parles comme de cette manière !!! Tu mérites des baffes la ma parole !!!
-Ca va laisses là elle a choisi sa voie elle l'assume voilà !!!!
-Mais laissez-la tranquille bon sang !!! La voilà enfin libre et vous en rajoutez encore, vous êtes nuls vraiment !!! », Rajouta Virginia.
« Oh toi la laisse nous tranquille !!! c'est une affaire de famille ok !! », répondit Papis.
« Eh ne recommence pas toi elle fait partie de la famille un point c'est tout et ne gâche pas tout !!! » avertit Rigoberto.
Les esprits commençaient à s'échauffer, et l'heure passait incroyablement vite qu'ils oubliaient d'aller chercher le reste de la famille, chose que Rigoberto avait promis à sa mère.
Il commença par leurs dire : « bon les frangins je vais vous avouer quelque chose !! Tata Yaya possède quelque chose de précieux et tiens à nous le remettre une fois la famille réunie et je ne veux pas de chamaillerie entre nous s'il vous plait !!!

Un rêve risqué

-Quelque chose de précieux tu dis !! Arrête tes bêtises !! » se moquait Paulo et Papis.
« Si vous ne me croyez pas, allez-vous en…. » Conclut Rigoberto.
« Calmes ta joie garçon on est toujours la !!! » Répondirent-ils.
« Bon allons y au lieu de parler la !! » Dit Francis.
Et ils se préparèrent à quitter la ville jusqu'à ce que Rigoberto s'arrête sur quelque chose qui retint son intention.

Il remarqua une librairie à cent mètres de là, et se dit tout de suite que c'était l'eldorado pour lui.
« La famille je reviens dans deux petites minutes vite fait !!! » dit-il.
Il arriva devant celle-ci et un flash retentit dans sa tête en voyant le nom de la boutique.
Ce nom, c'était '**Moukaos librairie**' et Moukaos était le nom de Pedro et de Josélita, le couple d'éditeur qui lui avaient sauvé de la mort. Il y rentra avec curiosité et précipitation.
« Bonjour monsieur je suis Manuelo Moukao que puis-je faire pour vous ?? », dit le libraire.
« Euh….je suis venu parce j'ai remarqué qu'il y avait une librairie et que je suis un auteur en herbe à la recherche d'un éditeur…. » Dit Rigoberto. Le libraire lui signala « ah ça tombe bien jeune homme je connais moi-même quelques éditeurs spécialement mon frère qui s'appelle Pedro Moukao, il vient de devenir éditeur…. ».
Apprenant cela, Rigoberto fut choqué et ne voulais pas lui annoncer la mauvaise nouvelle, que son frère fut assassiné.
« Pedro c'est le meilleur, il va révolutionner le monde de la littérature avec ce qu'il va lancer !!!, moi qui voulait devenir aussi éditeur, je lui ai donné ma place parce que je voulais qu'il soit meilleur que moi !!! » dit-il avec fierté

Un rêve risqué

Mais sa joie allait vite fait se transformer en tristesse lorsque Rigoberto lui annonça la mauvaise nouvelle.
« Manuelo enfaite c'est au sujet de ton frère et j'ai une mauvaise nouvelle à 'annoncer….
- Quoi il lui est arrivé quelque chose !!!!! » Dit Manuelo tout inquiet.
« Enfin c'est difficile à dire, bon je te le dis !!!! Il a été assassiné….. » .
« Quoi !!!! Mon frère adoré !!!!, Ce n'est pas possible !!! ».
Manuelo se précipita pour fermer sa boutique et demanda à Rigoberto de lui raconter tout ce qui s'est passé.
Il lui raconta, le temps passait et ses frères s'impatientèrent.
L'histoire raconté, Rigoberto dit à Manuelo : « bon j'y vais et sincèrement toutes mes condoléances……vas voir sa femme, elle est chez elle et a besoin de présence familiale…. »
« Pas de soucis bonhomme je m'en chargerais mais avant de partir laisse-moi te dire quelque chose….tu sais si tu veux toi et moi on peut s'associer afin de se faire une réputation dans la littérature mais on en reparlera plus tard, d'ailleurs voici mon numéro !!! ».
Rigoberto préféra garder sa joie à l'intérieur de lui par respect pour Manuelo qui a perdu son frère.
« Encore merci d'avance je ne manquerais pas de t'appeler ça je te le promets !! C'est une porte de sortie vers la vraie vie qui s'ouvre devant moi….. ».
Ils se saluèrent et Rigoberto sorti par l'arrière-boutique. Il rejoignit ses frères qui étaient furax à l'idée de les avoir laissés.
« Tu étais ou comme ça la !!!! » demanda papis avec agressivité.
« Oh doucement là je viens de découvrir mon bonheur », dit-il avec joie.
« Ah bon quel bonheur ? », reprit Virginia. Il lui dit en la rassurant « ne t'inquiète pas je te le dirais plus tard et crois-moi, tu feras partie de ce bonheur ma chérie…. ».

Un rêve risqué

Ils débarquèrent sur Sumbe toujours vers la plage. Après avoir arrêté la voiture, ses frères le harcelèrent de questions jusqu'à ce que Rigoberto leur dise : « c'est bon les gars me fatiguez pas la !!! Notre avenir est assuré youpi !!! » Exulta Rigoberto.
« Nous allons tous sortir de cette galère et poursuivre chacun notre rêve et tout le monde, je dis bien tout le monde n'aura plus à sombrer dans quoi que ce soit !!! » affirma-t-il.
« Qu'est ce t'as !! T'as gagné au loto ou quoi ?!
-Non je vais enfin publier mes livres et je serais peut être reconnu parmi les monuments de la littérature….
Maléya, qui écoutait toute leur conversation, resta toujours méfiante mais commença par réaliser que l'issue est en face d'elle et que sa situation pourrait changer pour de bon.

Ils sortirent de la voiture, Rigoberto et ses frères eurent une bonne idée quand ils se dirent : « et si on lui faisait une surprise pour le réconforter le pauvre….
-oui cela serait cool, et puis il le mérite malgré ce qu'il lui est arrivé !!!
-en tout cas, il faudra prendre des pincettes… »
Ils allèrent vers la plage pour voir si il était là, mais aucun signe de lui. Ils décidèrent de se disperser en regardant dans les petits magasins de la ville, et heureusement que la ville soie petite.
Ils tournèrent jusqu'à ce qu'un d'entre eux le découvre en train de regarder la télé dans un magasin d'armes.

Un rêve risqué

« Edilio, c'est toi ?? » répondit Francis.
« Je ne vous connais pas !! Laissez-moi tranquille !! » Dit-il.
« Mais c'est ton frangin Francis les autres sont à ta recherche viens avec moi on va les retrouver….
-Je n'ai pas de frères ils sont tous mort et mes parents aussi sont morts !!! » Balança Edilio.
« Ecoutes, on a un frère qui s'appelle Rigoberto et qui va nous sortir de la misère et si tu veux, tu pourras avoir tout ce que u veux !!!
-tu dis tout ce que je veux !! Ok….. »
Puis ils sortirent tous les deux du magasin quand Papis, Paulo et Rigoberto se jetèrent sur lui et le bloquèrent afin de le relever pour le mettre dans la voiture. « Notre frère est devenu maboule à cause de cette satané guerre !!! » dit Papis.
« Arrête de dire maboul !!!, dis plutôt dérangé !!! », lança Paulo.
Ne voyant pas de solutions pour le calmer, ils l'assommèrent d'un coup sur la nuque et il s'écroula par terre pour ensuite l'emmener au véhicule.
« Vous l'avez tué ?!!! » S'exclamèrent Malèya et Virginia.
« Mais non il sera sur pied d'ici quelques heures… », Dit Papis.
« Allez !! En route pour notre objectif final !! affirma Rigoberto.
La voiture ainsi démarrée, ils se dirigèrent là où ils auraient plus de fil à retordre : leur dernière sœur Abyla.

Dans la voiture, Edilio se réveilla et recommença à proférer des insultes, voir même de crier comme s'il était en danger.
« C'est bon il recommence sa folie je vais le faire taire moi… », Ajouta Papis.
«Tu vas rien faire du tout il lui faut juste du réconfort comme un enfant tu vois non !!! », suggéra Rigoberto.
« Edilio, c'est ton frère Rigoberto tu te souviens quand toi et moi on jouait au policier et au voleur dans l'arrière-cour de la maison et que

maman avait chaque fois une crise d'angoisse au point de nous courir après pour nous corriger ?
- Pan….Pan !! Je te vois petit voleur, je vais sortir ma matraque pour te montrer qui je suis !!!!
- ha ha ha !!!! Tu crois me faire peur misérable policier tu ne me rattraperas jamais car…je suis le voleur le plus rapide du monde et personne ne pourras m'arrêter !!! badaaam !!!
-Super flic, celui qui ne crains jamais l'ennui te mettra en sursit….. ».
En faisant cela, Rigoberto l'aida à se rappeler des choses qu'il avait oubliées à cause de la guerre.
Le fait qu'ils jouaient tous les jours à ce jeux leurs faisaient répéter leur répliques à l'unisson et fit la joie de tout le monde.
« Merci JULIO VERNES et les autres !!! Je vous aime tous !!! ».
Ils furent bientôt à destination de leur ville de départ, tous dormaient, excepté Virginia qui, regardant par la fenêtre les cieux étoilées. « Qu'est-ce qu'il y a ma chérie ? », demanda Rigoberto.
«Tu crois toujours en tes rêve au point de mourir pour eux ?? » lui demanda-t-elle.
« Bien sûr que oui mais pourquoi tu me pose cette question ?
-Parce que j'ai peur Rigoberto, j'ai peur que cette situation tourne au vinaigre et que l'on puisse ne pas finir nos jour ensemble !! Je te dis ça parce que….je t'aime et je ne veux pas te perdre !!!
-écoute, si tu m'aurais pas soutenu d'une je ne serais pas en vie, et de deux je ne serais pas là avec toi dans la voiture que ton père nous a si gentiment prêté, et je ne te demanderais pas si tu veux bien te fiancer avec moi !!! », Déclara Rigoberto.
Ainsi Virginia, ne sachant plus quoi dire, fut ému à l'idée de l'entendre dire une chose qu'elle n'aurait jamais cru entendre de sa bouche.
Il lui fit un sourire pour lui montrer son affection et le silence refit surface pendant tout le trajet jusqu' à leur arrivée.

Un rêve risqué

De retour à la case départ, leur ville d'origine, Huambo, ou l'ambiance était quasi tendue du fait de leurs souvenirs qui rejaillissaient dans leur tête.
« Purée ce que ça changé !! on dirait vingt ans ont passé !! Se dit Papis.
- ca va il y a encore le marchand de glace !!Je me tenterais bien une petite glace….dit Paulo.
- ok prend ta glace mais ne traine pas trop s'il te plait !! On a d'autres chats à fouetter… », Signala Rigoberto.
Le reste descendirent de la voiture et se mirent à rechercher Abyla en groupe.
Le quartier de leur enfance qu'ils connaissaient étant petits n'était plus pareil. Il fut rempli de toxicos et de filles faciles, chose que la municipalité laissa faire après la mort de Baddys et de ses rivaux, ce qui amena l'anarchie en son sein. Tous dépassés par ce qu'ils voyaient, ils ressentaient de la tristesse et de la nostalgie.
Le marchand de glaces a été remplacé par le fournisseur de came, ce qui trompa et surprit Papis qui voulait acheter une glace.
« J'espère qu'il reste au moins des habitants honnêtes… dirent Virginia et Maléya.
- Peut-être mais ils ont du devenir junkie avec tout cette pagaille la !! se dit Francis.
- Mais non il y a tata Yaya qui est encore fidèle au quartier d'ailleurs allons la voir on sait jamais si elle a des pistes sur Abyla !! », Dit Rigoberto.
Ils allèrent chez tante Yaya. Arrivés devant la porte, ils remarquèrent qu'elle avait été forcée, ce qui les incita à rentrer.
« Mais où est-elle bon sang?! Tata Yaya !!! Tata Yaya !! Tu es la ? » S'écrièrent ils.
Une voix à l'extérieur de la maison se mit à
appeler : « Rigoberto !!Rigoberto !!
- qui m'appelle la ?!

Un rêve risqué

- c'est Benito !! » (Qui était son ami d'enfance)
Il sortit de la maison pour constater si c'était bien lui.
« Nooooon mais tu as….changé dis donc !!!
- et toi donc JULIO VERNES !!!! Je suis content de vous voir tous !!! Quel bon vent vous amène ?
- Nous sommes venu pour Abyla, tante Yaya m'adit quelle était dans les parages mais, les aurait tu vu par hasard ?
- Mon cher avec ce qui se passe ici là tout le monde n'est pas sorti de l'auberge……surtout pour votre tante ; on l'a retrouvé morte il y a trois semaine de cela dans sa maison…je suis désolé !! », Déclara Benito.
Tout d'un coup, leurs yeux commença à rougir de tristesse et Rigoberto ne pouvais plus contenir ses larmes en disant : « elle était comme une mère pour nous !! ».
L'air dépité, il se remémora les anciens moments passés avec elles et ses frères et sœurs.
« Et si seulement on pouvait remonter dans le temps pour lui dire encore une dernière fois je t'aime…… ».
Mais le temps une fois passé, ils se rendirent compte que cela aurait été impossible.
Papis, Paulo, Francis, Edilio, Maléyla et ses enfants laissèrent Rigoberto quelques moments et se dirent « pffff….allons à l'ancienne maison se recueillir auprès de maman !! ».
Benito, voyant Rigoberto dépité, évita de lui avouer son addiction à la drogue pour à la place lui demander de l'argent.
Mais Rigoberto, remarquant son petit manège lui dit : « Quoi !! Toi aussi tu es là-dedans ?? je n'imaginais pas ça de toi tu es pathétique !!, tu as oublié qu'on était à l'école ensemble !!
- écoutes ne montres pas tes dents ok !!, je ne suis pas plus à plaindre que toi qui a dû passer par le même chemin et sache que je ne suis pas un criminel comme toi qui a risqué sa vie pour une poignée de

kwanzas !!! La personne à blâmer c'est toi et non moi tu entends !! »
Lui régentait Benito.
« Nous sommes amis depuis l'enfance, et je ne crains que notre amitié s'arrête la parce que je ne veux plus avoir à faire avec mon ancienne vie ».
Et c'est ainsi qu'ils se séparèrent et Benito avant de disparaitre lui dit : « tu sais, on a tous le choix dans la vie et je prie Dieu que tu puisses réussir un jour la ou j'ai échoué. Ton avenir est entre tes mains et utilise bien ton présent mon frère ; moi mon avenir c'est la came et personne ne pourra me l'enlever…..même pas toi. Et pour information, j'ai croisé Abyla près de l'ancienne bibliothèque si tu as de la chance de la retrouver bien sur….. », Puis il partit sans se retourner.
Rigoberto retourna dans la maison rassembler les quelques affaires qui restaient. En ouvrant le tiroir du chevet, un gros rat y sortit en courant, faisant voler un paquet de feuilles qui finirent par s'éparpiller avant de tomber. Pris de panique, il se releva et ramassa les feuilles en y jetant un petit coup d'œil et la, il resta immobile et debout, captivé par le contenu de la copie.
Ce qu'il lisait était enfaite un des nombreux manuscrits que tata Yaya avait écrit il y a de cela plusieurs années mais n'osait pas les publier de peur d'insuccès.
En y repensant, Rigoberto eu une idée de génie. Il se disait que s'il les publiait en plus de ses écris à lui, il pourrait être financièrement libre et pourrait aussi mettre sa famille à l'aise.
« Je vais de ce pas téléphoner à Manuelo Moukao et lui annoncer une bonne nouvelle, ce qui va apaiser un peu sa tristesse ».
Une chance pour lui que les voleurs n'aient pas pris le téléphone, il vérifia la tonalité qui était encore active et se mis à l'appeler.
Il finit par décrocher et la conversation débuta :
« Allo Manuelo ça va ??
- qui est à l'appareil ?

Un rêve risqué

- c'est Rigoberto tu vas bien depuis ?
- oh….ça va ça va…je rentre de l'enterrement de Pedro là….
- ah ok encore mes condoléances mon ami sinon dans ce cas je te rappellerais plus tard !!
- Non non tu ne me déranges pas du tout dis-moi tout…
- voilà je t'appelle comme convenu suite à notre discussion dans la boutique sur le fait de publier mes manuscrits mais là je viens de faire une fabuleuse découverte venant de ma tante Yaya qui est décédée elle aussi il n'y a pas longtemps mais je ne sais pas encore quand est ce qu'on va l'enterrer….
- Ah bon c'est quoi ??
- ce sont des manuscrits que j'ai sous les yeux la et je peux te dire que ça, c'est du lourd et ce n'est pas encore fini !!!
-huum intéressant, bah tu sais quoi donnes moi un peu de temps et rappelle moi dans quatre jours, je serais chez moi de toutes façons…
- Ok ça marche mais je t'assure, ce sont des pépites d'or et ce sera comme lui rendre hommage en faisant cela tu ne trouves pas ??
- Oui je te dis pas le contraire mais garde-le pour toi d'accord !!!
On se capte dans quartes jour mon petit !!
- Pas de soucis Manuelo passe le bonjour à ta femme…
- je n'y manquerais pas….a dans trois jours mon ami… ».
Puis ils raccrochèrent tous les deux.
Ensuite Rigoberto regroupa toute les feuilles manuscrites, les mis dans une pochette, pris Virginia et alla retrouver ses frères et sa sœur dans leurs ancien jardin.
« Tiens tu as fini ta ruée vers l'or ?, se dit Maléya en se moquant de lui.
- Si vous saviez ce que j'ai trouvé vous ne seriez pas en train de vous moquer de moi !!
- qu'est-ce que tu as à nous montrer !! un plan pour retrouver Abyla ?, dit Papis.

- non c'est mieux que ça mon frère !! C'est un passeport pour la tranquillité pour la fin de nos jours….
- on verra de toute façon….. !!
- si je vous dis ça c'est pour que vous partagiez aussi mon bonheur parce que pour moi la famille c'est primordial….
- ok on marche mais gare à toi si jamais ça ne marche pas….
- vous parlez trop tôt pour moi la…..mais rira bien qui rira le dernier …. ».

Puis ils sortirent de leur ancienne maison dont Rigoberto a encore la clé, ferma la porte, et au moment où ils commencèrent leur recherche, une voiture brûlât un feu rouge et se fit percuter par un autre véhicule venant dans sa direction.

Surpris, ils se précipitèrent vers la voiture pour voir si les occupants étaient toujours vivants et c'est là qu'ils découvrirent le prix.
Ce fut l'ami d'enfance de Rigoberto, Benito, mort sur le coup accompagnée de leur sœur Abyla qui elle, a perdu connaissance.
« Abyla !! Abyla !! », s'écrièrent ses frères et sœurs.
Francis ouvrit le véhicule avec quelques difficultés et pris sa petite sœur avec la plus grande prudence qu'il soit et la déposa par terre sur l'herbe. Il essaya les premiers secours à plusieurs reprises, mais en vain. Les pompiers tardaient à venir et la famille s'inquiétait de plus en plus, craignant même sa mort.
Cinq minutes plus tard les secours arrivèrent, ce qui n'empêcha pas la famille de les blâmer pour leur manque de professionnalisme.
Malgré cela, ils étaient aussi impatients de voir leur sœur entre de bonnes mains, certains en souhaitant de tout leur cœur, d'autres en priant afin d'apaiser leur conscience.
« Pauvre maman !! Si elle voyait tout ca elle se serait accusé toute sa vie….. », dit Maléya.

Un rêve risqué

- Ce n'est pas de sa faute, ce sont nos choix et notre conséquence que nous avions entre nos mains et voilà ce qu'on en a fait hein !! N'est-ce pas Papis !!!
- Ca veut dire quoi ça !!!, dit-il.
- Ca veut dire que tu peux redonner du sens à ta vie frérot !!! Ce que tu as vu jusqu'à présent ne t'a pas servi de leçon ?! reprit Maléya.
- Eh ne commence pas à jouer les moraliste ici sil te plais tu t'es vu toi avec ton homme qui te battais à chaque fois que ça le démangeait !!! Alors regarde toi avant de juger les autres ok !!!!, répliqua Papis.
-Tu es sans cœur !!! Ce qui m'étonne c'est pourquoi on t'a libéré même !!!
-parle encore une fois de cette manière et tu va prendre des …….. » Papis n'eut pas le temps de finir de parler que Rigoberto lui coupa la parole en disant : « Non mais vous me dégouter vous deux…..Franchement y'a quoi dans votre tête la ? Réfléchissez deux secondes nous avons notre petite sœur entre la vie et la mort et cela ne vous fait ni chaud ni froid !!! Vous croyez que vous embrouiller va l'aider à se rétablir ?? Pardon soyer un peu mature par ce que là j'ai l'impression de parler a des enfants bon sang !!!!! Bon je vais à l'hosto celui qui veut me suivre me suive…..ça me gave toute cette histoire !!! » .Puis ils suivirent le camion d'ambulance jusqu'à l'hôpital de Huambo.
Arrivés depuis une demi-heure, ils s'inquiétèrent et s'impatientèrent de plus en plus sur son état de santé.
A tel point qu'ils se dirent : « tu sais je m'excuse sur ce que je t'ai dit par rapport à ta situation sœurette !! », dit Papis.
Maléya, les yeux embués lui pardonna :
« Ce n'est rien…tu es totalement pardonné ; l'important maintenant est de savoir si notre sœur est encore en vie… ».

Un rêve risqué

Pendant ce temps-là, Rigoberto avait toujours son idée en tête. Son projet d'écriture et de publication le rendit en même temps pessimiste mais aussi optimiste.
Puis il dirigea vers les toilettes pour se rincer le visage.
Virginia, le voyant se diriger aux toilettes tête baissé, le suivit et attendait devant la porte qu'il y sorte.
Le voyant sortir, elle lui demanda : « Mon chéri qu'est ce qui ne va pas ??
- rien c'est seulement cette responsabilité qui me trotte dans la tête……tu sais, je me demande parfois si je suis apte de supporter, de les encourager ou de les aider financièrement parce que ce rêve, je le voulais pour moi seul et ta présence par la suite m'a donné envie de la partager avec toi afin que nous deux nous vivions aisément mais bon….. ».
Virginia le reprit : « mais bon quoi ? je ne vois que du bon en toi la preuve…..tu as réussi à t'enfuir des griffes de Baddis, tu t'est porté volontaire pour retrouver ta famille, tu n'as pas délaissé ton rêve et je pense qu'il est en train de s'accomplir progressivement, tu as fait connaissance avec mes parents, ce qui est une chose rare chez moi et en plus de ça, tu m'a fait ta demande en pleine voiture….et cela, ça n'a pas de prix comparé aux choses négatives que tu veux faire ressortir.
En entendant ceci, Rigoberto se sentit plus en confiance, rechargé, comme gonflé à bloc.
« Merci ma chérie…vraiment que ferais-je sans toi….je crois que j'ai une mission à terminer et…avec toi bien sûr !!! », dit-il en souriant bien que l'angoisse le rongeait de plus en plus. Tous deux rejoignirent les autres lorsqu'ils apercevaient leurs visages tristes et c'est alors qu'il leur demanda : « Alors la nouvelle ? Est-elle bonne ou mauvaise ? ».
Et la Francis releva sa tête et lui dit : « Mon frère….ta sœur est……en vie et elle est sur la bonne voie !!! ».

Un rêve risqué

Ils voulurent lui faire la surprise et il s'avère qu'elle fut réussie à merveille.

« Vous m'avez fait peur avec votre farce là on ne plaisante pas avec ça la mais je l'avoue que je me suis bien fait avoir sur ce coup…. » Dit Rigoberto.

Le médecin vint à eux et leur fit signe de venir voir leur sœur Abyla. La chambre ou était Abyla était si silencieuse qu'on pouvait entendre les bips de l'appareil respiratoire ainsi que la fréquence à laquelle elle respirait et un soulagement les atteignis.

Un des fils de Maléya demanda à sa mère : « Maman est ce que tata Abyla va mourir ?? ».

Elle lui répondit : « Non mon chéri elle est toujours en vie et si tu veux toi et tes frères ferez connaissance avec elle ; elle est très gentille et vous serez à l'aise avec elle…. ».

Ce qu'ils ne savaient pas, c'est que Abyla entendit ce que sa sœur dit à son propos à son neveu et c'est la qu'une larme coula de son œil droit et les autres remarquèrent ceci.

« Abyla tu nous entends ?! », à cet appel, elle ouvrit les yeux afin de voir qui était là, mais ne pouvais pas parler.

Le plus important s'était réalisé, à savoir se réveiller du coma et de voir toute sa famille réunie, ce qui l'ému d'avantage.

« Pour l'instant elle ne peut que cligner des yeux mais il ne faut pas perdre espoir !!D'ici sept à huit jours elle pourra reprendre la parole mais je ne vous promets rien….. », Leur dit le médecin.

« Merci docteur du fond du cœur, moi et mes frères on passera la nuit ici en attendant d'avoir de meilleurs résultats….. » lui dit Rigoberto.

Finalement, ils passèrent la nuit dans la salle d'attente.

Un rêve risqué

Le lendemain matin ils se réveillèrent au milieu d'interventions et de situations d'urgence.
Mais parmi le groupe deux d'entre eux les ont laissé dormir pendant toute la nuit : il s'agissait de Maléya et Virginia.
N'étant pas fatiguées, elles restèrent auprès d'Abyla pour surveiller son état de santé avec l'accord de l'interne.
Choquées par la larme d'Abyla, elles essayaient de lui parler, mais en vain. Ainsi Virginia retenta le coup et se présenta : « Salut…je sais que tu m'entends donc je vais quand même faire bref……voilà je suis Virginia Boya, et je suis la petite amie de ton frère Rigoberto. Il m'a beaucoup parlé de toi tu sais, à tel point qu'il me dit qu'un jour, il espèrerait te retrouver mais pas dans cet état la franchement cela me briserai le cœur à l'idée de te perdre parce qu'on a beaucoup de choses à se dire et ce qui est surprenant c'est que je t'aimais bien avant de te connaître. Si tu m'entends je voudrais que tu me serres la main…… ».
Et elle lui serra la main après tant d'effort ce qui procura pour Virginia, un soulagement et un état d'esprit positif.
Et elles discutèrent toutes les deux pendant un bon bout de temps.
Le matin arriva, et le travail commença progressivement au sein de l'établissement.
Ainsi réveillés, les autres remarquèrent l'absence de Maléya et Virginia.
« Ou sont-elles passées encore !!! » dit Papis en rouspétant.
Rigoberto, plein de malices, se dit peut être qu'elles étaient dans la chambre d'Abyla, alors ils y entrèrent tous et furent tous stupéfaits de se qui se passait en leur présence.
Ils regardaient Abyla, toute éveillé, en train de rigoler avec les filles.
Les frères étaient tellement heureux de la voir dans cet état qu'ils se dirent : « Dieu merci nous avons retrouvé notre sœur et nous ferons tout notre possible pour ne plus la perdre !! ».

Un rêve risqué

Abyla même ressentit de la joie à les voir qu'elle ne put pas retenir ses larmes et leur dit avec quelques difficultés : « mes frères je suis revenu à la maison et je vous aime….. ».
Edilio pleura aussi de joie malgré son handicap et remerciait Maléya et Virginia d'avoir ramené Abyla à la vie.
« Nous ne sommes pour rien, nous lui avons seulement tenu compagnie et lui avons transmis tout nôtre amour grâce à Dieu ……merci également.. » se dirent-elles.
Le médecin, qui fut stupéfaite de sa remise en état pensait à un miracle.
« Bah ca alors !!! je suis ébahie par votre état de santé actuel et je ne peux que vous dire qu'il est possible que vous sortiez ce soir….. ».
« Milles mercis Madame….je vais enfin pouvoir refaire ma vie de la bonne manière avec l'aide de ma famille qui est au grand complet !!!! je ne savais même pas que j'avais des neveux et nièces !!!!, enfin je vais vivre mais malheureusement sans Benito….c'est dommage pour lui et que cela me serve de leçon pour les prochains jours à venir… !!! », se décida Abyla.
« On est tous contents que tu prennes cette décision parce qu'à partir d'aujourd'hui on ne se séparera plus ok !! » lui dirent t-ils.
Puis vint le soir, le médecin donna son accord pour faire sortir Abyla et ils l'aidèrent à préparer ses affaires et sortirent de l'hôpital.
Et ils allèrent chez tata Yaya pour se loger et achetèrent ce qu'il fallait pour se restaurer afin de passer une bonne soirée.
Trois jours passèrent, et Abyla allait de mieux en mieux.
Et Francis se leva et regroupa toute la famille en leur disant : « en cette journée je suis si joyeux de vous voir tous !!……chose que je ne pensais pas auparavant et je ne réalise que maintenant …vraiment je remercie le ciel que cette famille soit réunie et le reste indéfiniment afin que celle-ci soit la fierté des parents !!!
Merci aussi à Rigoberto de nous avoir permis de se retrouver on ne l'oubliera pas…. ».

Un rêve risqué

Puis Rigoberto se souvint qu'il devait rappeler Manuelo pour les publications des manuscrits.
Il prit le téléphone et tenta de l'appeler.
« Allo ? », répondit Manuelo.
« Oui c'est moi Rigoberto tu vas bien depuis ?
- Aaah mon ami ça va ?, oui moi je vais mieux depuis et mon épouse aussi va bien !!
- Dieu merci tout va bien !!, ma sœur Abyla a eu un accident de voiture il y a presque une semaine de cela mais aujourd'hui elle est rétablie à merveille…
- ouf !!!je suis content de l'apprendre….vous voilà une famille réunie maintenant !!!
- oui exact !!!, sinon au sujet de ce qu'on a décidé ça donne quoi ?? », lui demanda Rigoberto.
Manuelo lui dit au départ avec une voix nonchalante mais par la suite porterait ses fruits : « pour la publication j'ai contacté lé société de publication et…………

- Et ?
- Je suis au regret de te dire que……tu seras obligé de……VENIR DEMAIN MATIN A NEUF HEURES POUR SIGNER LE CONTRAT AFIN DE LES PUBLIER C'EST PAS GENIAL CA !!!!! ».
Soudainement, Rigoberto laissa à Manuelo un silence d'une vingtaine de secondes, silence qui reflétait sa joie.
« Rigo !! Rigo !!! tu es toujours en ligne ?
« Euh oui désolé je ne réalise pas encore que je vais enfin réussir à toucher du doigt mon rêve et de le vivre !!! Merci…merci…..et encore merci du fond du cœur à cause de toi je ne vais même pas manger la !!!! », lui dit-il avec un sourire euphorique.
« Derrien mon petit mais sache que tu n'es qu'au début de l'accomplissement de ton rêve alors reste concentré et que dorénavant

je serais ton agent, ton promoteur quoi…allez à demain et sois à l'heure !! », Conclut Manuelo.
Rigoberto raccrocha le téléphone et se mit à prier en remerciant le ciel de tout ce qu'il a traversé jusqu'à présent.
Virginia, cherchant son tendre aimé, finit par le retrouver en train de prier et lui demanda : « il y a une mauvaise nouvelle ? ».
« Non bien au contraire ma chérie…..nous allons changer de vie très bientôt je te l'assure….je vais signer un contrat d'édition demain !!!! », dit-il en criant.
« wooooooo je suis trop contente pour toi !!!
- C'est pour nous qu'on fait ça aussi sache le…. ».
Et ils allèrent dans la salle à manger pour en informer la famille.
Etonnés de le voir aussi joyeux, ils se demandèrent s'il n'avait pas pris de substances chimiques.
« Tu as fumé ou quoi ?? », répondit l'un d'eux.
« Non c'est bien plus que ça, j'ai tout simplement une bonne nouvelle à vous annoncer et ça vous concerne aussi….. », dit-il.
Puis ils se mirent à l'écouter : « quelque chose va bousculer notre famille et ce n'est pas n'importe quoi !!! ».
« De quoi tu parles ?! de ton rêve la…
- Oui et il est sur le point de se réaliser !!! ».
Rigoberto était persuadé qu'il allait réussir dans le domaine de l'écriture et il se disait parfois que des obstacles essaieraient de le briser, mais il y croyait toujours jusqu' a ce qu'il se réalise enfin.
A partir du moment où il signât le contrat le lendemain matin chez un éditeur de Luanda recommandé par Manuelo, Rigoberto commença à se mettre au travail pour d'autres manuscrits, faisant de lui un homme de l'ombre pendant un bon moment.
Il fut logé et nourrit chez la famille de l'éditeur en attendant de pouvoir être indépendant financièrement et vivre de sa passion avec l'élue de son cœur, Virginia.

Un rêve risqué

Quant à ses frères et sœurs, ils décidèrent de rester à Huambo. Les garçons habitaient dans la maison de leur parent tout en s'occupant de leur frère Edilio, Maléya avec ses enfants et Abyla dans celle de tata Yaya.
Francis trouva du travail chez un mécano du coin et fut élu employé du mois à plusieurs reprises du à son sérieux et son assiduité. Il se maria par la suite et eu sa part de bonheur.
Papis troqua son rêve d'aventure contre un poste de serveur dans un restaurant à Luanda et se plait dans son boulot tout en se disant qu'il serait passé à côté de bonnes choses s'il avait continué sa vie d'avant. Il se maria et eu deux enfants. Lui aussi eu sa part qu'il invertit ensuite dans une sandwicherie ambulante florissante et s'installa au sud de Luanda.
Paulo joua toujours de la guitare avec son groupe mais cette fois ci pour les fêtes de la ville de Huambo. Il utilisa son dû pour faire une tournée nationale avec son groupe.
Maléya, elle, trouva son bonheur dans un salon de coiffure tout en exerçant sa voix et fut plus tard repéré par un producteur qui deviendra son mari. Elle utilisa sa part dans la musique.
Et Abyla mit son ancienne vie loin derrière elle afin de changer de cap et s'exerça au métier de maîtresse dans une maternelle à mi-temps et mit de côté ce qu'elle reçut de Rigoberto. Elle se maria et resta elle aussi à Huambo.
Quant à Rigoberto et Virginia, ils se marièrent en 1990 quelques temps âpres avoir demandé sa main à Tito et Valentina Boya, les parents de sa bien-aimée. Valentina comprit enfin que Rigoberto est un bon mari et qu'il saura s'occuper d'elle.

Un rêve risqué

Il s'acheta une maison au nord de Luanda près de la cote et vit de sa passion aisément en continuant d'écrire.

Finalement, la vie repris son court à Huambo. La violence diminua au fil du temps et la ville se réorganisa. Tout le monde retrouva peu à peu la joie de vivre.

Aujourd'hui, vivre de sa passion est toujours possible à condition d'y croire encore et encore même si l'on ne part de rien.

Si cela est arrivé à Rigoberto, pourquoi cela ne vous arriverait-il pas aussi?

C'est à vous de choisir…..

FIN.

Remerciements

Tout d'abord, je souhaiterais remercier Dieu de m'avoir donné des parents dans lequel il m'a insufflé le talent de mettre par écrit ce que je voulais vous faire partager mais aussi une famille qui m'inspira tout autant à donner vie au livre.

Je remercie aussi **Kiffart's Editions,** ma maison d'Edition sans qui mon roman n'aurait pas pris forme et en ce qui concerne la chance de vous faire découvrir ce que j'ai pensé au départ avant d'écrire.

Et je remercie d'avance tous ceux qui prendront le temps et surtout l'envie de parcourir mon livre afin qu'ils soient eux aussi inspirées et se réalisent à travers ce qu'ils ont de plus précieux…..leur vie.

Avec toute mon affection
Franck Kouamé

Table des matières

Préface……………………….6

Chapitre 1
Le rêve se dessine……………..7

Chapitre 2
Le mauvais choix récolté……..17

Chapitre 3
Quête familiale du rêve……….31

Remerciements……………….61

Table des matières……………62

Un rêve risqué

Un rêve risqué